IE GIRARDET

HORS DU NID

ILLUSTRATIONS DE
R. de la NÉZIÈRE

Librairie CH. DELAGRAVE, 15, rue Soufflot, PARIS

HORS DU NID

HORS DU NID

PAR

Marie GIRARDET

ILLUSTRATIONS DE R. DE LA NÉZIÈRE

PARIS

LIBRAIRIE CH. DELAGRAVE

15, RUE SOUFFLOT, 15

HORS DU NID

CHAPITRE PREMIER

DANIEL BÉRAUD

Le vrai père et le faux.

Daniel Béraud sortait du lycée. Il rentra chez lui, posa ses livres et regarda la pendule. Celle-ci marquait cinq heures, le moment du goûter. Personne n'avait préparé de friandises pour Daniel, qui n'en fut point surpris. Comme il avait faim, il saisit la grosse miche de famille et s'en coupa une tranche; mais l'enfant tendit l'oreille : son beau-père montait l'escalier. Alors, lâchant le pain et le couteau, le pauvret se précipita vers la petite table où on avait installé ses livres d'écolier et se pencha sur son ardoise.

« Daniel, ta mère n'est pas rentrée? fit M. Henriet d'une voix dure.

— Non, pas encore... Maman a dit à Rosine qu'elle avait plusieurs commissions à faire, et elle a emmené Riquet... »

Le nouveau venu tourna vers l'enfant un visage irrité.

« Est-ce qu'on répond « non » tout court?... Ma parole, tu peux dire : Non, papa, je suppose!

— Je vous demande pardon... »

Et Daniel, aveuglé par les larmes, se tut : une révolte grondait en lui. Il songeait :

« Je ne l'appellerai jamais papa, puisque j'en ai un à moi, de papa, et il était bon et tendre et il m'embrassait... Oh! le soir quand il rentrait, on jouait, nous deux, on riait tant que les voisins se fâchaient et faisaient toc toc à la muraille!... »

Tandis que les yeux troubles voient danser les caractères sur l'ardoise, le petit gars évoque un passé déjà lointain. Ses plus anciens souvenirs lui montrent un doux, un heureux foyer. Peu à peu, la bonne entente s'était troublée, son père et sa mère n'étaient plus jamais du même avis; les discussions dégénéraient en querelles, si bien qu'un soir Paul Béraud n'était pas rentré.

Quelques mois passèrent sans qu'on le revît. Enfin Mme Béraud dit à son fils :

« Il faut que tu saches, mon enfant, que la vie commune n'était plus possible. Nous nous sommes séparés, ton père et moi... Tu n'as pas sept ans, les tribunaux te laissent avec moi, Dieu merci. Cela ne t'empêchera pas de voir ton père de temps en temps. »

Depuis ce jour, Paul Béraud était venu, à des intervalles réguliers, chercher Daniel. Celui-ci n'était jamais si heureux qu'avec son père. Ils habitaient le Havre. Souvent, bras dessus, bras dessous, ils se rendaient sur la jetée ; le mouvement du port, l'incessant trafic des navires, les intéressaient autant l'un que l'autre. Aussi restaient-ils des heures à le contempler. Parfois ils voyaient sortir ou rentrer un transatlantique, ce monde flottant que l'enfant se souvenait d'avoir visité aux côtés de son père...

Dans la belle saison, c'étaient d'autres plaisirs : ils s'en allaient aux environs du Havre, partaient pour Étretat, pour Saint-Jouin, pour Tancarville. Le père et le fils passaient leur journée en plein air, dans les champs fleuris de pâquerettes et de bleuets. A l'heure des repas, ils choisissaient une bonne place à l'ombre pour sortir les provisions de leur filet, et ils mangeaient gaiement, en tête-à-tête, comme deux camarades...

Le soir, Daniel rentrait chez sa mère, l'âme pleine de joie et les yeux pleins de soleil, rêvant à la prochaine sortie.

Mais ce beau temps dura peu. Paul Béraud, un jour, partit pour s'installer à Paris. Les premiers mois, il écrivit régulièrement à son fils, puis ses lettres s'es-

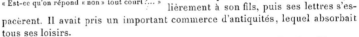

« Est-ce qu'on répond « non » tout court ?... »

pacèrent. Il avait pris un important commerce d'antiquités, lequel absorbait tous ses loisirs.

Sur ces entrefaites, Mme Béraud s'était remariée avec Henriet, l'homme brutal que Daniel redoutait si fort. De ce jour, le pauvre enfant n'avait connu que rebuffades, taloches et privations.

Un an plus tard, un petit frère était venu au monde. Daniel espérait que ce mignon petit être serait pour lui un ami et deviendrait avec le temps un camarade. Mais ce fut au contraire une autre source de chagrin. M. et Mme Henriet préféraient le nouveau venu et ne le cachaient point.

Quand le petit Riquet frappait Daniel ou lui tirait les cheveux, jamais les parents n'intervenaient en sa faveur, c'était toujours Daniel qui avait tort. La mère elle-même craignait Henriet et n'osait pas devant lui prendre la défense de son fils aîné, qui finit par ne plus se plaindre et se résigna au triste rôle de souffre-douleur.

Ils mangeaient gaiement, en tête-à-tête, comme deux camarades.

CHAPITRE II

LE VASE DE CHINE

Chassé!

Henriet, le beau-père de Daniel, ayant voyagé sur un paquebot, avait rapporté de Chine deux grands vases de porcelaine à fleurs, auxquels il tenait beaucoup. Ces potiches avaient certainement de la valeur, mais Henriet leur en attribuait bien davantage encore. Un soir, Daniel, resté seul à la maison, entendit un pas rapide gravir l'escalier. L'enfant s'imagina reconnaître le pas de son père, qu'il n'avait pas revu depuis si longtemps; un grand bonheur l'envahit : Paul Béraud venait sûrement le chercher. Daniel se leva et bondit vers la porte;

« Tu me le payeras ! »

mais, dans sa hâte, il buta contre un meuble et heurta la petite console où s'élevait un des vases de Chine. Celui-ci oscilla un instant, puis s'abattit sur le sol, où il se brisa en mille morceaux!

Ce n'était pas Paul Béraud que Daniel avait entendu, mais Henriet lui-même, Henriet qui, à l'ouïe de ce tapage, entra, le visage bouleversé...

Lorsqu'il aperçut Daniel s'agitant par terre au milieu des précieux débris, il entra dans une fureur sans bornes.

« Tu me le payeras... tu me le payeras... » bégayait-il.

Et, saisissant le garçonnet par le col de sa veste, il lui administra une volée de coups de pied, de coups de poing, le secouant de toutes ses forces, lui décochant les injures d'un vocabulaire que sa victime ne soupçonnait point...

Enfin, las de frapper, le bras endolori retomba de lui-même; mais la rage d'Henriet n'était point calmée : il saisit Daniel par les épaules et le poussa hors de l'appartement.

« Va-t'en, cria-t-il, et que je ne te revoie jamais, jamais plus. »

C'était une simple menace, mais Daniel la prit au sérieux. Haletant, meurtri, à moitié assommé, il resta quelques secondes sur le palier. Puis il se leva, très pâle, les poings crispés, le visage résolu.

Tout haut, il affirma :

« Oh! oui, je m'en irai... tout de suite encore... le temps de prendre ce qui est à moi... et ce sera fini!... »

Henriet avait refermé la porte. Daniel ayant sonné, la petite bonne vint ouvrir. Alors, sans dire un mot, l'écolier décrocha son béret et sa pèlerine; il entra dans sa chambre, jeta un regard autour de lui et vida une tirelire qui contenait une douzaine de pièces blanches. Qu'allait-il emporter? Combien de temps durerait cette absence?... Daniel poussa un soupir. Il sortit de l'armoire des effets qu'il plia dans une toile grise. Après quoi, les membres rompus par la dure correction, il s'enfuit par les rues tumultueuses...

Sans réfléchir, il se dirigea vers le port où, avec son père, il avait passé de si bonnes heures. Et, subitement, une idée folle germa dans le cerveau de l'enfant, une idée qu'il repoussa d'abord, mais qui, s'emparant de lui, devint une obsession : aller retrouver celui qui ne venait pas!...

Cependant il baissa la tête : comment arriver jusqu'à son père?... Le magasin de curiosités de Paul Béraud était situé au numéro 35 de la rue de Rennes. L'adresse était notée sur un calepin que l'enfant avait toujours sur lui. Ah! si, par un coup de baguette, il se trouvait transporté sur la tour Eiffel ou l'Arc de Triomphe!... Mais, hélas! les coups de baguette sont rares, et Daniel ne l'ignorait point...

Toine.

Il en était là de ses réflexions lorsqu'il aperçut un garçon d'une dizaine d'années à cheval sur un banc, face à la mer, qui dévorait une énorme tartine. Daniel se sentait si seul, si abandonné, que le désir lui vint de converser avec un être quelconque, fût-ce même un étranger.

« Va-t'en, que je ne te revoie jamais! »

Il ne fit pas de grands efforts d'imagination et demanda simplement :
« Elle est bonne, ta tartine?... »

L'enfant, ayant fait claquer sa langue, répondit avec un large sourire :
« Je te crois qu'elle est bonne! »

Daniel sourit à son tour. Le petit inconnu avait une bonne figure rouge et ronde comme une pomme d'api, avec des cheveux drus, coupés sans art, qui semblaient une bande de fourrure sombre. Il formait un vivant contraste avec Daniel. Celui-ci, grand pour son âge, avait des membres fins et musclés, des yeux verts comme la mer quand il va faire de l'orage, des cils foncés sous des cheveux blonds. Les traits étaient d'un remarquable dessin.

Entre deux bouchées, l'enfant reprit :
« Tu habites ici?... »
— Oui, et toi?

— Oh! moi, j'habite nulle part. »

Daniel lui jeta un regard méfiant : voulait-il se moquer de lui?...

« Nulle part?... Tu n'as pas une maison?... Pas une chambre avec un lit dedans?

— Si, j'ai une chambre et un lit, mais pas dans une maison...

— Tu m'as l'air d'un farceur!

— Mais pas du tout... Je demeure dans un bateau, là!... Tu vois bien que c'est pas une maison! »

Et, tendant la main, il montra un vaste chaland que plusieurs hommes manœuvraient à l'aide de grandes gaules en bois. Sur le pont, une femme aux hanches solides, à la forte carrure, les regardait faire, avec, sous le bras, une pile de linge qu'elle se disposait à laver...

« Que même, ajouta l'enfant, cette dame, c'est ma maman.

— Comment t'appelles-tu?

— Toine.

— Toine quoi?...

— Ben, Toine... C'est-y pas assez pour ton goût?... Et toi, est-ce qu'on t'appellerait par hasard le marquis de l'Encre-au-Pouce?... »

Vexé, Daniel regarda ses mains d'écolier, où restaient quelques taches rebelles. Il les glissa sous sa pèlerine et dit, l'air un peu pincé :

« Vous restez dans le port du Havre?...

— Mais non, à quoi ça servirait-y, un bateau, si c'était pour rester dans un port?... On embarque des marchandises... Cette fois, c'est des sacs de farine... On est quelquefois trois, quatre bateaux traînés par un remorqueur... Nous remontons la Seine, nous nous arrêtons à Rouen, des fois dans d'autres villes... et puis nous arrivons à Paris. »

Daniel avait tressailli. Son visage, tendu vers l'enfant, exprimait une curiosité, une ardeur passionnées.

« A Paris!... Vous allez à Paris!...

— Mais oui... c'est pas si étonnant... Te frappe pas de ça : y a qu'à se laisser tirer...

— Oh! Toine, mon petit Toine!... Si tu voulais m'emmener dans ton bateau!... Tu ne sais pas comme je désire aller à Paris! Mon père y est, Toine, je ne l'ai pas vu depuis longtemps, et je suis si, si malheureux!... »

Daniel éclata en sanglots; il pleurait de chagrin, mais aussi d'énervement, de convoitise... Avec un geste impatient, il essuya ses larmes.

« Toine, insista-t-il d'une voix tremblante, emmène-moi, je t'en prie, je t'en supplie!... »

Peu habitué à ces sortes d'effusions, Toine le considérait d'un œil curieux. Il répondit, très calme :

« Moi, je demanderais pas mieux, c'est les parents qui ne voudront point.

— Mais si tu me cachais, si tu me mettais à fond de cale, sur les sacs de farine?...

— D'abord, ça serait difficile qu'ils te voient pas, les parents... T'es visible à l'œil nu, tu sais... Et puis, même si je te cachais, faudrait bien que tu sortes à un moment donné. Et alors, qu'est-ce que je prendrais, moi!...

— Et si je te payais, Toine, si je te donnais de l'argent?...

— T'en as, de l'argent?...

— Tiens... »

Et Daniel fit sonner dans sa poche les pièces de la tirelire.

« Moi, j'habite nulle part. »

« Ça doit être des sous, dit l'enfant, sceptique.

— Non, Toine, c'est des francs!

— Voyons voir. »

Daniel tira de sa poche une poignée de pièces blanches.

Toine écarquilla les yeux.

« Combien tu m'en donnerais, dis?

— Deux pour commencer. Après on verra. »

L'enfant réfléchit quelques secondes. Prenant une résolution subite :

« Écoute, dit-il, tu viendras avec moi; je dirai à mes parents que t'es un copain et que je veux te montrer notre établissement... Je te cacherai dans les sacs; ils croiront que t'es sorti du bateau à un moment où ils ne regardaient pas. Une fois en Seine, ils ne pourront pas te poser sur la route, hein, mon vieux!... »

Et Toine se mit à rire d'un air entendu. Quant à Daniel, il approuvait de la tête : cela devenait tout simple, n'est-ce pas? d'aller à Paris...

« C'est convenu, » dit-il.

Mais Toine, pratique, stipula :

« Donne d'abord l'acompte de quarante sous.

— Voilà... » Et la pièce passa d'une poche dans l'autre...

Tout à coup, Daniel eut un sursaut : à vingt mètres de lui, une femme se

promenait, tenant un enfant par la main. C'était sa mère et le petit Riquet.
Un remords monta dans l'âme de Daniel. S'il disparaissait de la sorte, la
pauvre femme, qui l'aimait pourtant à sa manière, le croirait mort. Daniel en
eut le cœur tout remué. Au moment de la quitter, peut-être pour toujours, il
ne se souvenait plus que des caresses de sa mère. Se dissimulant derrière un
mur, il fit signe à Toine, qui vint le rejoindre.

« Il faut que je mette un mot à la poste... Où est-ce que je te retrouverai ?...
— Au même endroit, » chuchota l'enfant.

Le sort en est jeté !

Daniel partit au pas de course. Il atteignit le bureau, entra et demanda une
carte-lettre sur laquelle il écrivit :

Ma chère maman,

*M. Henriet m'a mis à la porte. D'ailleurs j'ai trop de peine chez nous, et je
crois aussi que vous serez tous plus heureux sans moi. Je m'en vais retrouver
mon père à Paris. Ne me cherche pas, je serai déjà loin quand ces lignes t'arri-
veront. Je te demande pardon, maman chérie, et je vous embrasse, toi et mon
petit frère.*

Ton Daniel.

L'enfant eut un moment d'hésitation et d'attendrissement. Ah! si ses parents,
si sa mère et son vrai père avaient pu s'accorder, comme sa vie aurait été
différente !... Aujourd'hui, l'existence n'était plus tenable ; la scène de la potiche
brisée surgit devant lui... Plutôt mourir que de retourner là-bas !

Daniel ferma sa carte-lettre et la glissa dans la boîte... Le sort en était jeté !...
Puis, il rejoignit Toine, qui attendait, fidèle au rendez-vous.

Ce n'était pas la première fois que Toine amenait un camarade ; ses parents
ne prêtèrent pas plus d'attention à celui-ci qu'aux autres gosses introduits
dans leur fuyant domicile.

« Descends, ouste, Daniel, » ordonna le gamin.

... Ils étaient à fond de cale, parmi un océan de sacs, dans un demi-jour
grisâtre. Daniel fut pris à la gorge par une odeur âcre ; ce réduit sentait le
poisson, le goudron et la colle. L'enfant des mariniers chuchota :

« Couche-toi sur les sacs et ne bouge plus... Je t'apporterai une tartine à
l'heure du dîner. »

Un peut inquiet, Daniel demanda :

« Le chargement est fini, au moins?

— Sûr! Ils ne te colleront pas des sacs sur la figure, sois tranquille, va!...

— Merci, Toine, tu es un chic type.

— Et toi, tu en es un autre... A tout à l'heure, Daniel.

— A tout à l'heure, Toine... N'oublie pas la tartine, hein ?... »

Un peu plus tard, le garçonnet rapportait du pain, du beurre, un œuf dur et
un bol de cidre.

« Voilà... Il y aura bien quelque chose pour le garçon?...

— Non, Toine, ne fais pas le mendiant. Quand j'aurai retrouvé mon papa, je te ferai un beau cadeau, mais en attendant, j'aurai peut-être bien besoin de mon argent. Si tu me gardes par amitié, ça va bien. Mais s'il faut que je te paye tous les petits services que tu me rends, je ne resterai pas à ton bord. Demain, avant le départ, je confesse tout à tes parents, et je m'en vais. »

Déjà Toine s'attachait à son nouvel ami. Ce petit discours le toucha au vif et l'humilia profondément. Il dit avec simplicité :

« Pardonne-moi... c'est ta maudite pièce de quarante sous qui m'a tourné la tête... Quand on est riche, on veut l'être encore plus... Tiens, la voici, la pièce, reprends-la, Daniel.

— Non, je ne reprends pas ce que j'ai donné de bon cœur. N'en parlons plus... Ton petit dîner était excellent... Merci, mon bon Toine... »

Les deux enfants tressaillirent; une voix criait du haut de l'escalier :

« Hé, Toine!... Qu'est-ce qui te prend à parler tout seul? Remonte nous aider à laver le pont!

— Voilà, maman!... On y va... »

Il ajouta très doucement :

« Bonsoir, vieux, dors bien...

— Merci, Toine. »

« Combien tu m'en donneras ? »

Daniel hésita un instant; son cœur, avide de tendresse, battait plus fort; il se leva, prit le petit étranger entre ses bras et baisa les joues couleur de pomme d'api.

« Tu m'as rendu un rude service, et je te remercie!... »

Toine s'enfuit vers l'escalier. Quelque chose qu'il ne comprenait pas lui chatouillait le cœur et mettait comme un voile devant ses yeux. A son insu, ce baiser l'avait pour toujours conquis!...

Resté seul, Daniel se pelotonna entre les sacs. Il y a des matelas et des oreillers plus doux qu'un sac de farine, mais, à quatorze ans, le sommeil est un hôte facile. Cinq minutes plus tard, Daniel, endormi, rêvait qu'il avait retrouvé son père au fond du bateau, sur les débris d'un vase de Chine, et qu'ils partaient ensuite pour ne jamais se quitter...

CHAPITRE III

Un comptable qui vient à point.

Le lendemain matin, Daniel fut réveillé à l'aube. Un bruit de chaînes, des cordes fouettant le navire, des appels, des cris, un long grincement, puis l'enfant se sentit entraîné d'un mouvement lent et régulier...

Il ouvrit les yeux, se rappela les événements de la veille, et se rendit compte avec joie que l'on était parti, bien parti. Les parents de Toine ne semblaient pas méchants; peut-être se fâcheraient-ils d'abord, mais il saurait bien apaiser leur colère... Et rien n'empêcherait la marche en avant, vers la délivrance et la tendresse...

Soudain, la figure réjouie, haute en couleur, de Toine se montra.

« Tu as bien dormi?

— Parfaitement bien.

— Va falloir sortir de là...

— Oui, mais comment? »

Toine souleva son béret de laine et se gratta la tête, ce qui est une façon expressive, sinon élégante, de prouver son embarras.

Il annonça le fait suivant :

« Le paternel est en train de vérifier les comptes du chargement, et il est furieux parce qu'il n'y comprend rien... »

Et Toine ajouta philosophiquement :

« C'est pas de crier qui fera que les additions tombent juste! »

Une inspiration vint à Daniel :

« Je suis fort en arithmétique, moi... Si je lui aidais, à ton père?...

— Chiche!... cria Toine. Monte donc.

— Préviens-le d'abord...

— Hé, papa!... rugit l'enfant, viens donc voir... »

On aperçut un visage auquel celui de Toine ressemblait prodigieusement.

« Qu'est-ce qu'il y a encore?

— Te fâche pas... J'ai amené un passager... un comptable... qui va faire tes additions et tes soustractions. »

Daniel s'avançait, enfariné comme un mitron, avec un sourire de commande sur sa jolie figure, mais, en somme, très inquiet.

« Tu es fou, Toine? demanda le père. Qu'est-ce que c'est que cette mauvaise plaisanterie?

— Ah! monsieur, s'exclama Daniel, il ne faut pas gronder Toine... Tout est de ma faute : je lui ai demandé de me prendre à votre bord, je l'ai supplié jusqu'à ce qu'il consente... Il faut, il faut que j'aille à Paris retrouver mon père, et je n'ai pas le moyen de payer le voyage... Pardonnez-moi... Je ferai tout pour vous être utile, pour ne vous gêner en rien... Ah! si Toine était loin de vous, est-ce que vous ne seriez pas content qu'il tombe sur de braves gens pour vous le ramener?... »

Daniel avait dit ces phrases hachées avec une chaleur et une sincérité qui les rendaient pathétiques. Fouchard, le marinier, secoua la tête, puis il dit :

« Pourquoi est-ce que vous ne m'avez pas raconté tout ça hier, au lieu de vous embarquer chez moi comme un voleur? »

Et Daniel de répondre ingénument :

« Parce que vous m'en auriez peut-être empêché... tandis que vous ne me jetterez point par-dessus bord, n'est-ce pas?

— Il a du raisonnement, le gars, » dit Fouchard en prenant Toine à témoin; et celui-ci répétait comme un refrain :

« Pour sûr... pour sûr... »

Fouchard reprit :

« C'est-y vrai que vous savez faire les comptes, ou c'est-y encore une bourde?... »

Le fils de Paul Béraud réprima un sourire.

« Pourquoi est-ce que vous ne m'avez pas raconté ça hier? »

« Ce n'est pas une bourde, monsieur; donnez-moi vos factures, et vous verrez. »

Mais un souci harcelait le marinier :

« Tout de même, fit-il, qu'est-ce qu'on va dire à la maman? Va la prévenir, Toine...

— Non, j'aime mieux que tu y ailles, papa.

— Eh bien, remontons tous les trois... »

Le domptage de la mère Fouchard.

Ensemble ils se présentèrent à Mme Fouchard, la forte femme que Daniel avait aperçue un instant sur le pont. Elle tenait un broc d'eau dans chaque main. Saisie, elle regarda le nouveau venu debout près de son fils; elle admira les yeux glauques de Daniel et ses cheveux blonds, que la farine avait poudrés, tel un pastel du dix-huitième siècle.

Mme Fouchard, donnant une forme à son étonnement, prononça :

« Qu'est-ce que c'est que ce particulier?...

— Voulez-vous me permettre, madame?... » fit Daniel.

Et, s'inclinant, il la débarrassa de ses deux brocs.

« Ben, il a de l'usage, au moins; c'est pas comme Toine... Mais, nom d'une pipe, d'où est-ce qu'il sort?... »

Fouchard lui chuchota quelques mots à l'oreille. Sans doute l'explication lui parut satisfaisante, car elle ne se fâcha point et dit avec sérénité :

« Alors, comme ça, vous allez retrouver vot' papa?...

— Oui, puisque vous avez la bonté de me laisser faire la route avec vous...

— Je ne dis pas non... si vous aidez un peu, si vous êtes gentil... pas vrai, Fouchard?... »

Fouchard, très soulagé que la virago ne se fût pas mise en colère, approuva :

« Dame... oui! »

La première entrevue s'était passée sans catastrophe. Daniel, enchanté, voyait là un heureux présage. On croit si facilement ce que l'on espère !

Le jeune garçon, que l'on mit aux prises avec les factures, en vint à bout sans grande peine.

De plus, il rendit des services nombreux; la manœuvre du bateau n'eut bientôt plus de secrets pour lui; il aida aux soins du ménage; le soir, à la veillée, il contait des histoires. Bref, il se rendait indispensable.

Mme Fouchard faisait en son honneur des frais de conversation : on les entendait causer et rire ensemble. Aussi le père et le fils, que la matrone intimidait, avaient-ils pour Daniel cette sorte d'admiration que l'on accorde à un dompteur apprivoisant des fauves...

Vers la fin de la journée, Daniel, peu habitué à l'effort physique, Daniel était las. Son grand plaisir alors était de s'étendre sur le pont et de regarder le ciel bleu.

Doucement bercé, il n'entendait que le clapotement du fleuve contre le bateau, l'appel des sirènes, le cri aigu ou rauque des sifflets.

L'enfant aimait cette vie de grand air, cette fuite perpétuelle entre le ciel et l'eau. Et c'était une douceur pour lui d'être parmi ces gens frustes, aux manières douteuses, mais au cœur excellent, qui ne le maltraitaient point.

Méphisto.

Trois chalands, reliés par une corde, suivaient le remorqueur. Dans le bateau voisin, Daniel et Toine observaient un jeune homme qu'ils appelaient Méphisto, parce qu'il surgissait toujours comme un diable hors de sa boîte au moment le plus inattendu.

Ce Méphisto était un être antipathique et laid à faire peur. Il s'amusait à lancer sur le pont de Fouchard des fruits avariés, des trognons de choux, des pelures d'oranges, toute sorte de vilaines choses, qui exaspéraient les deux gamins...

Un jour Toine, emporté par la colère, fit à l'adresse de Méphisto un geste familier, manquant d'élégance, un geste qui consiste à juxtaposer son pouce à son nez et son petit doigt à son autre pouce.

Devant cette insulte, Méphisto pâlit de colère, et, brandissant le poing, il enjamba la barre d'appui, se mit à califourchon sur la corde, et, adroit comme un clown, il avança vers le bateau de Fouchard.

« A moi, Daniel, cria Toine, à moi!... »

Les deux enfants saisirent la corde et la secouèrent comme on secoue un arbre dont on veut faire tomber les fruits.

Méphisto ne s'attendait pas à cette riposte.

Il vacillait de droite à gauche, en grand danger de tomber à l'eau, et cette

Les deux enfants saisirent la corde et la secouèrent comme on secoue un arbre.

posture était d'un comique si achevé que Daniel et Toine poussaient de formidables éclats de rire.

Méphisto n'avançait plus; tout ce qu'il pouvait faire était de se cramponner à sa corde en hurlant toutes les injures de son répertoire.

Attiré par le bruit, Fouchard parut. Il prit les deux garçons au collet et resta seul en face de l'ennemi.

Celui-ci ne demanda pas son reste et rentra chez lui.

Cette correction fut d'une grande utilité, car Méphisto n'osa plus narguer ses voisins, qui, depuis lors, n'aperçurent qu'à de rares intervalles son facies de singe malfaisant...

CHAPITRE IV

A PARIS

Au port !

Après quelques jours de voyage sans autre incident, on arriva dans les eaux de Paris.

Daniel sentit un frémissement de joie le parcourir à l'idée de surprendre son père. Il se figurait une grande boutique pleine d'objets d'art; Paul Béraud serait peut-être sur le pas de la porte, entre des chaises antiques et un bahut sculpté. Il jetterait un regard distrait sur cet enfant assez mal vêtu, et cet enfant, qui était le sien, se jetterait à son cou!...

Oh! l'inoubliable minute que Daniel vivrait là!

Le jour baissait à l'horizon. Toute la ville était rose comme les pensées du petit gars. L'on franchit le viaduc du Point-du-Jour. Alors, aux yeux émerveillés de l'enfant, passèrent les quais de Paris, le Trocadéro, la tour Eiffel, la Grande Roue...

Et le chaland, toujours remorqué, avançait dans la splendeur; le soleil couchant étincelait au plafond vitré du Grand Palais, illuminait les groupes d'or du pont Alexandre. Là-bas, le Palais-Bourbon montrait dans la lumière atténuée ses colonnes de temple grec.

Enfin le bateau glissa sous le pont de la Concorde et l'on toucha le quai. C'était là le point d'attache et de débarquement.

Les grandes horloges de la gare d'Orsay marquaient sept heures.

Daniel aurait bien voulu sortir, aller tout de suite à la recherche de son père; mais on lui représenta qu'à cette heure tardive il aurait quitté la boutique. Daniel ne saurait où le rejoindre.

Celui-ci reconnut le bien fondé de ces objections et, après un repas sommaire, se coucha pour être plus vite au lendemain...

Longtemps la joie le tint éveillé; il se tournait et se retournait dans sa couchette; le mouvement de Paris se poursuivait jusque sur les flots, tandis que, au bord de la Seine, les ouvriers avaient repris le travail de nuit, violemment éclairés par l'acétylène ou l'électricité. Des lueurs, des bruits sourds, parvenaient à Daniel, en qui dominait cette pensée joyeuse :

« Demain, je serai dans la maison de mon père... »

CHAPITRE V

DÉCEPTION

Parti!

« 35, rue de Rennes!... » Cette adresse dansait en la tête du jeune garçon, qui marchait craintivement le long des rues. On lui avait indiqué le chemin, et, cherchant les noms sur les plaques bleues, interrogeant parfois un sergent de ville, Daniel s'en tirait facilement...

Voici la rue de Rennes. Déjà l'enfant aperçoit le numéro 35. La scène qu'il s'est figurée ne se présente pas telle qu'il la voyait d'avance : la boutique, hélas! est encore fermée. Quelle déception!...

Combien de temps faudra-t-il attendre?...

Alors, défaillant presque d'émotion et de chagrin, Daniel voit une large pancarte :

BOUTIQUE A LOUER

Que signifiait cet écriteau?

Son père était donc parti?... Où?... quand?... Autant de questions qui affolaient l'enfant. Il regarda de plus près : l'écriteau portait aussi la mention suivante : *S'adresser au 37.*

Là sans doute on pourrait le renseigner. Il entra dans une porte cochère et avisa le concierge.

« Pardon, monsieur, je vois que le magasin est fermé. Pourriez-vous me dire où loge maintenant M. Paul Béraud?... »

L'homme eut un geste d'indifférence.

« Je n'en sais rien, mon petit ami... Les affaires ne marchaient pas, je crois bien. L'antiquaire a payé son terme, et il est parti, voilà peut-être trois semaines. »

Daniel baissait les yeux, où s'amassaient des larmes. Il reprit :

« Vous n'avez aucune idée de l'endroit où il se trouve?

— Je vous ai déjà dit que non : une fois ne vous suffit pas?... Qu'est ce que vous avez à lui dire de si important?

— C'est mon père...

Cet homme eut un geste
d'indifférence.

— Votre père?... et vous ne savez pas son adresse? Voilà qui n'est pas banal. D'où sortez-vous donc?

— J'arrive du Havre.

— Il ne vous attendait pas?... »

Et l'homme, avec l'aplomb imbécile des gens qui ne réfléchissent point, ajouta :

« On prévient, avant d'arriver comme une bombe... Et maintenant, ouste! Laissez-moi faire mon ouvrage... »

Une lettre pour M. Béraud.

A ce moment, le facteur parut.

« Voilà le courrier. »

Le concierge jeta un coup d'œil sur les lettres de ses locataires.

« Tiens, tiens, une lettre pour M. Paul Béraud. Comme ça tombe! Jeune homme, vous la lui porterez. »

Riant sous cape, il tendit l'enveloppe à Daniel, qui, ravalant ses larmes, la prit et la glissa dans la poche de sa veste.

Il souleva son béret.

« Bonjour, monsieur.

— Bonjour, bonjour... »

Et Daniel se trouva dans la rue, plus seul, plus orphelin que sous la férule du brutal Henriet. Il reprit l'enveloppe adressée à son père, la regarda, la retourna en tous sens. Peut-être, s'il l'ouvrait, y trouverait-il une indication?...

L'enfant n'hésita plus : il est des cas où l'indiscrétion est permise... Ayant brisé le cachet, Daniel lut la lettre qui courait ainsi.

Mon cher ami,

Je suis désolé que tes affaires n'aient pas prospéré. Du moment qu'il en était ainsi, tu as eu raison de ne pas t'obstiner, et de liquider peu à peu. Tu me demandes si je connaîtrais une situation pour toi. Va trouver de ma part mon ami Quantin, il pourra t'être utile. Vous vous entendrez, j'en suis sûr.

Tiens-moi au courant, et reçois une bonne poignée de main de ton ami.

JACQUES.

Hélas! Daniel n'était pas plus avancé qu'avant d'ouvrir l'enveloppe. Si ce Jacques énigmatique avait eu le soin de noter son adresse après sa signature!... Mais non, rien, pas un indice!

L'enfant retourna vers le quai.

On déchargeait le bateau de Fouchard, qui se trouvait enveloppé d'un brouillard de farine. Le père et le fils aperçurent en même temps le pauvre Daniel, et comprirent à son air bouleversé qu'il venait de faire une démarche vaine.

« Eh bien? demanda Fouchard.

— Eh bien, mon père a déménagé, et personne n'a pu me dire où il habite. »

Tout à coup il vit trouble et perdit l'équilibre.

C'est lui!

Du coup, le marinier lâcha trois sacs de farine, qui s'écrasèrent sur le sol avec un bruit mat.

« Alors?... » fit-il.

L'enfant leva les bras, découragé.

« Je ne sais pas ce que je vais faire, monsieur Fouchard.

— Reviens au Havre avec nous.

— Oh! non, oh! non : rentrer chez M. Henriet... je ne peux pas... C'est impossible. D'ailleurs, je veux chercher encore la trace de mon père.

— Et de quoi vivras-tu?

— Je travaillerai.

— Mon pauvre petit ami, c'est pas si facile de trouver de l'ouvrage. On a bien du mal, va!...

— Si vous le permettez, je commence par décharger avec vous. »

Daniel se mit à l'œuvre. Courageusement il travailla, faisant autant de besogne que les adultes.

Un chef d'équipe le considérait depuis un instant.

« Mâtin!... s'écria-t-il, voilà un petit gars qui n'a pas peur de l'ouvrage! »

Fouchard, qui l'entendit, remarqua :

« Vous avez raison... J'ai jamais vu son pareil. Tout ce que je regrette, c'est de ne pas le ramener au Havre... C'est lui qui ne veut pas... Puisqu'il tient à rester ici, vous lui rendriez un rude service en l'embauchant.

— Je ne dis pas non, fit le contremaître. Comment s'appelle-t-il?

— Daniel Béraud.

— Tiens!... J'en connais un, de Béraud. C'est un antiquaire qui vient quelquefois par ici, pêcher à la ligne, le dimanche : un monsieur très bien, avec le ruban violet à la boutonnière... »

Daniel s'était rapproché ; les derniers mots le frappèrent.

« Et, ma foi, dit l'homme, le voilà, ce Béraud!

— Où?... bégaya Daniel, au comble de l'émotion; où voyez-vous Paul Béraud?...

— Là, sur le pont du bateau parisien... le bateau de la rive gauche... »

En effet, suivant la direction que montrait l'étranger, Daniel aperçut la silhouette tant cherchée, tant désirée, de son père... Comment le rejoindre?...

« Y a-t-il une station de bateau près d'ici? demanda le pauvret, haletant, prêt à prendre sa course.

— Pas très loin, oui... mais sur l'autre rive. »

Et comme Daniel s'élançait, l'homme ajouta :

« Mon pauvre gosse, vous n'arriverez jamais, vous aurez beau courir; il y a le pont à traverser, et puis deux cents mètres à faire... »

Daniel n'attendit pas la fin de la phrase. Quoique mince, il était agile et fort. Il se précipita donc. Suivant le quai, il ne se laissait pas trop distancer par le bateau, mais il devrait tout à l'heure franchir le pont de la Concorde.

Arriverait-il jusqu'à la station avant le départ du bateau parisien ?

L'enfant s'engagea sur le pont; la circulation était si intense qu'à plusieurs reprises elle lui barra le chemin. Cependant il ne perdait pas de vue le cher passager, qui ne l'apercevait point...

Voici le bateau qui accoste déjà, et Daniel est encore loin du but; son cœur se met à battre violemment. Paul Béraud est sorti avec quelques voyageurs, il suit le petit couloir de planches qui mène du ponton au quai, il se hâte...

« Père!... » appelle Daniel.

Mais Paul Béraud, qui ne s'attendait certes pas à être hélé par son fils, ne tourne pas la tête, appelle le chauf-feur d'un auto-taxi et monte dans la voiture, qui file aussitôt vers les Invalides.

Pauv' vieux, va !

C'en était trop. Daniel tomba sur le trottoir, les pieds dans le ruis-seau, indifférent à tout ce qui n'était pas sa peine.

Une main se posa sur ses cheveux blonds; les joues couleur pomme d'api frôlèrent les joues pâles de Da-niel. C'était Toine qui l'avait suivi.

« Pauv' vieux, va! » murmura l'en-fant des mariniers.

Daniel leva la tête, un peu consolé par cette naïve sympathie.

« Y ne faut pas te désoler comme ça; tu as vu ton père, preuve qu'il est toujours à Paris... Tu sais, il aurait pu partir pour les Amériques... Puis-qu'il est ici, tu le retrouveras bien un jour ou l'autre... »

« Pauv' vieux ! »

Daniel, se rendant à cette conclusion qui ne manquait pas de logique, cessa de pleurer.

« Oui, dit-il, c'est possible, espérons-le, mon brave Toine. »

Et il ajouta :

« Qu'est-ce que je ferais, sans toi et tes parents ! »

Toine sourit, heureux de cette constatation.

« Allons, dit-il, lève-toi... tu ne vas pas rester là, à tremper tes souliers; ça ne te rendra pas ton père... Viens ! »

Sans résister, Daniel le suivit.

CHAPITRE VI

L'Hôtel du Bon-Repos.

Le bateau de Fouchard était entièrement vide. On procéda à un recharge-
ment. Cette fois, ce furent d'immenses ballots de peaux de bêtes, lapins, liè-
vres et autres, qui prirent place à fond de cale pour être expédiés au Havre.

Fouchard et sa famille allaient donc redescendre le fleuve sans leur petit
protégé, qui ne voulait point quitter Paris.

Ils le laissèrent entre les mains du chef d'équipe, lequel, ayant vu travailler
Daniel Béraud, consentit à l'embaucher pour son compte. Déchargeur !... Ce
n'était pas le métier auquel le destinaient ses études, assez avancées déjà...
Mais l'essentiel était de ne pas mourir de faim. D'ailleurs, rester au bord de la
Seine était une douceur pour lui, car il espérait toujours revoir son père soit
avec une gaule de pêcheur à la main, soit à bord d'un bateau-mouche.

Quelques jours passèrent. Le travail manuel, auquel rien ne l'avait préparé,

Chaque jour recommençait le dur labeur.

dépassait les forces de l'enfant. Mais il
n'en laissait rien paraître, et chaque jour
recommençait le dur labeur. Il gagnait
juste assez pour se nourrir, — chiche-
ment, il est vrai, — juste assez pour
coucher dans les chambres de hasard où
les pauvres abritent leur misère.

Comme ses compagnons de travail,
Daniel logeait à l'*hôtel du Bon-Repos*, rue
des Plantes. Ce nom alléchant s'appli-
quait à une maison bruyante et mal tenue,
où les pas des locataires avaient, jour
après jour, creusé les marches de bois.
A tous les étages, c'étaient des portes
surmontées d'un numéro. On louait les
chambres à la journée; le payement s'effec-
tuait d'avance. Et parfois l'on voyait un
des habitués, longeant piteusement les
murs, qui s'en allait avec ses vêtements
noués dans une toile, faute de la pièce
exigée pour passer la nuit dans une de
ces misérables chambres.

Et l'on se frayait avec peine un che-

min dans les corridors étroits, mal éclairés, parmi de lamentables chaussures
en désarroi.

Il y avait aussi des querelles qui éclataient la nuit, lorsqu'un ouvrier, ren-
trant tard, dérangeait le sommeil des autres.

Dominant le bruit des rires ou des disputes, le perroquet de la logeuse
poussait des cris assourdissants et hurlait ces mots qu'elle lui avait patiem-
ment enseignés :

« On paye en entrant!... on paye en entrant!... »

Tel était le domicile auquel la brutalité d'Henriet avait réduit son beau-fils.

« Vous venez pour emporter les meubles? »

Plus d'une fois, Daniel eut un vague désir d'écrire à sa mère, de rentrer au
logis, où l'on ne manquait de rien, malgré les coups et les gronderies. Mais il
n'avait pas renoncé à trouver son père, et cet espoir le soutenait dans la pire
infortune.

Une amie pour les mauvais jours.

Par un beau jour de septembre, un yacht de plaisance mouilla devant le
quai de la Concorde. Le propriétaire, M. Lacroix, était venu à Paris afin de
renouveler le mobilier du bord. Daniel fut choisi pour aider au déménagement,
aubaine arrivée juste à point.

Il monta donc dans le bateau et fut surpris de voir une blanche, une déli-
cieuse apparition.

C'était une petite fille de dix à douze ans. Étendue sur une chaise longue
d'osier, elle avait le plus joli, le plus délicat visage que l'on pût voir. Aussi
Daniel, cloué par la surprise et l'admiration, la contemplait sans mot dire.

Elle lui sourit doucement : il crut voir la figure d'un ange :

« Vous venez, dit-elle, pour emporter les meubles?

— Oui, mademoiselle. »

Surprise, elle regardait. Daniel, avec sa tournure élégante, ses beaux yeux couleur de mer et la grande mèche d'or qui ondulait au-dessus de son front, n'avait pas vraiment l'aspect d'un déménageur. La fillette songea que le prince du conte bleu, qui réveilla la Belle au bois dormant, devait ressembler à ce jeune garçon.

Mais, revenant à la réalité :

« Il y a en bas un petit bureau auquel je tiens beaucoup. Vous ne l'emporterez pas, et vous serez gentil de le traiter doucement. On vous le montrera, du reste... C'est le petit bureau où j'écrivais quand j'allais bien. »

Plein de commisération, Daniel s'informa :

« Quand vous alliez bien, mademoiselle; vous êtes donc malade?

— Oh! oui, soupira-t-elle, bien malade... Les médecins recommandent que je sois à l'air... C'est pourquoi mes parents ont acheté ce yacht... Nous arrivons de la Bretagne, où nous avons passé l'été. Puis nous avons longé la côte, et du Havre nous sommes venus tout le long de la Seine jusqu'à Paris. Bientôt nous repartirons... Il faut que j'aille à l'île de Madère, où le climat est merveilleux, paraît-il. »

Après une seconde d'hésitation, elle dit :

« Mais vous, si jeune, vous travaillez déjà ? »

Encouragé par les yeux si doux de la fillette, poussé peut-être aussi par le désir de lui expliquer pourquoi il se trouvait dans une si humble condition, Daniel raconta son odyssée.

Violette suivait le récit avec le plus vif intérêt.

« Oh! dit-elle, comme j'espère que vous trouverez vite, vite, votre père! Je le souhaite de tout mon cœur... »

Ils causèrent ainsi quelques instants, puis Daniel fut rappelé à l'ordre, car il n'était pas payé pour faire des discours à une petite demoiselle, quelque jolie qu'elle fût!...

Il revint donc chaque jour pendant une semaine. Violette ne le laissait jamais s'éloigner sans lui dire quelques mots, car elle s'était prise pour lui d'une sympathie subite et violente.

« Oh! papa, affirmait-elle, il est si gentil, si bien élevé! Il me raconte un tas de choses qui m'intéressent. Ce qu'il décrit, on dirait qu'on le voit! Pendant qu'il me parle, j'oublie de souffrir... Nous sommes encore à Paris pour une huitaine de jours, n'est-ce pas? Si tu permettais à Daniel de rester avec moi pour me distraire, je serais heureuse, heureuse!... »

Un peu surpris du caprice de sa fille, M. Lacroix céda pourtant, car tous les désirs de cette enfant si malade lui étaient sacrés. Il se promit pourtant de surveiller de près le nouveau venu qu'elle réclamait auprès d'elle.

Daniel, comprenant à peine le bonheur qui lui arrivait, fut invité à venir, dès le matin, prendre ses nouvelles fonctions.

Mais, comme ses habits manquaient de fraîcheur, Mme Lacroix commença par le renipper entièrement. Vêtu d'un joli complet de drap bleu, il tenait compagnie à Violette sur le pont de l'*Ariane*. On avait l'habitude de servir les repas de M. et Mme Lacroix dans la petite salle pratiquée au cœur du bateau, mais on montait sur le pont tout ce qui était pour Violette, et Daniel partageait les friandises destinées à l'enfant.

Il lui contait des histoires, inventait des jeux pour elle et, ingénieusement, lui fabriquait toute sorte d'objets et d'animaux en papier. Il y eut la famille Dindonneau, paysans découpés dans du carton, qui venaient à Paris, et à qui arrivaient les aventures les plus saugrenues; puis ce furent des courses de taureaux, des combats de coqs, et finalement une indescriptible bataille dans la neige.

Le rire de Violette, que l'on n'entendait plus depuis longtemps, sonnait dans le yacht, et les parents échangeaient des regards joyeux; il leur semblait que l'enfant était sauvée si sa gaieté, son exubérance d'autrefois, lui revenaient enfin.

Huit jours passèrent, les plus doux peut-être que Daniel eût vécus depuis le départ de son père. De même qu'il s'intéressait aux jeux de Violette, celle-ci partageait les peines de son ami. Tous deux interrompaient n'importe quel passe-temps lorsque flottait près d'eux un bateau parisien. Ils dévisageaient les voyageurs, fouillant des yeux tous les recoins. Daniel avait fait la description de son père à sa petite compagne, et chaque fois qu'elle apercevait un passager répondant au signalement donné, elle s'écriait :

« Le voilà, Daniel, le voilà!... »

Mais Daniel secouait tristement la tête. Plus d'indices, pas l'ombre d'une trace : c'était à désespérer!...

Il ouvre l'enveloppe et trouve un billet.

Adieu, beaux jours!

Septembre touchait à sa fin; le temps se gâta; les nuages couvraient le ciel. Alors les maîtres du yacht décidèrent d'appareiller pour le Midi. Violette désirait que Daniel restât à bord de l'*Ariane;* les parents ne s'y seraient point opposés. Mais le jeune garçon n'y consentit pas : c'eût été perdre à jamais la possibilité de revoir Paul Béraud.

Pour calmer les pleurs de la fillette il lui promit de s'embarquer avec elle quand le yacht, au retour de l'Atlantique, voguerait sur les côtes de Normandie.

« Et d'ici là, demanda le jeune garçon, comment pourrai-je avoir de vos nouvelles ?

— Oh! Daniel, je vous écrirai... Ce sera ma principale distraction quand je serai loin de vous. Où faudra-t-il adresser mes lettres ?

— A l'hôtel du *Bon-Repos*, rue des Plantes... »

Et la triste masure qu'il avait presque oubliée s'évoqua dans sa mémoire. Il ajouta :

« Lorsque j'aurai déménagé, de temps en temps j'irai voir s'il est venu de vos nouvelles, rue des Plantes. »

Ils se firent des adieux tendres. Quant à M. et Mme Lacroix, ils remercièrent cordialement leur nouvel ami du plaisir qu'il avait donné à Violette. En prenant congé de lui, ils remirent à Daniel une enveloppe qu'ils le prièrent de n'ouvrir qu'après leur départ. Un peu intrigué, il obéit pourtant...

Le yacht appareilla et bientôt se mit en mouvement. Du haut du quai, Daniel assistait au départ. Sa petite amie, les yeux pleins de larmes, lui faisait des signes amicaux, et le jeune garçon agita son mouchoir jusqu'à ce que l'*Ariane* eût disparu parmi les autres navires, mêlée à toute cette vie tumultueuse et fuyante de la rivière...

Alors un sentiment de solitude amère s'abattit sur l'enfant. Ces quelques jours avaient suffi pour le rattacher à la vie facile, élégante; et maintenant, il devait retourner à l'hôtel du *Bon-Repos*. Le contraste lui arracha un profond soupir...

Puis Daniel, songeant à la lettre de M. Lacroix, la retira de sa poche. Il ouvrit l'enveloppe et trouva un billet de banque de cinquante francs, auquel étaient jointes les lignes suivantes :

Mon cher enfant,

Vous accepterez, n'est-ce pas, ce petit souvenir de notre séjour à Paris. Non que nous voulions payer vos services d'ami, vos gentilles attentions : vous avez ramené le sourire sur les lèvres de Violette, et nous ne savons comment exprimer notre reconnaissance. Mais nous vous avons pris beaucoup de temps, et puisque vous devez gagner votre vie en espérant des temps meilleurs, nous vous offrons ce faible dédommagement...

Je souhaite, mon petit ami, que nous vous retrouvions bientôt sous l'aile de votre père, et puisse ce jour-là notre Violette, guérie, vous dire aussi toute sa joie.

Bien affectueusement vôtre.

                                                                    J. L.

A bord de l'Ariane, le 25 septembre.

Daniel n'aurait pas accepté un salaire de la main de M. Lacroix, mais il ne pouvait refuser un don si délicatement offert. Et il bénit en son cœur ses généreux amis.

CHAPITRE VII

A L'HÔPITAL

Tombé à l'eau.

Donc, le jeune garçon recommença le dur travail auquel il s'était astreint. Mais il pouvait désormais s'accorder quelques douceurs avec l'argent gagné sur le pont de l'*Ariane*.

Les jours passaient, fatigants et monotones. Daniel était à Paris depuis trois semaines, et l'horizon ne s'éclairait pas. Fallait-il renoncer à tout espoir? Fallait-il continuer ce dur métier de déchargeur?... Et comment trouver un autre emploi lorsqu'on n'a ni connaissances spéciales, ni protections, ni références?...

Un matin, Daniel, plus las que d'habitude, retourna sur le quai. Il s'agissait de transporter des sacs de blé. L'enfant, chargé d'un poids trop lourd, s'engagea sur l'étroite passerelle qui reliait le bateau à la rive. Tout à coup, il vit trouble, chancela, perdit l'équilibre et tomba dans le vide.

Un long cri de terreur, un remous, un tourbillon, puis les eaux recouvrirent le corps du malheureux enfant...

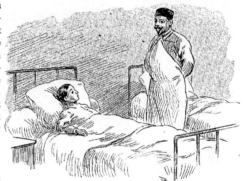

« Eh bien?... » lui demandait le docteur.

Parmi l'assistance, une rumeur avait couru. Le travail cessa; en moins de temps qu'il n'en faut pour le décrire, deux hommes s'étaient jetés dans une barque au secours du petit manœuvre. L'un d'eux, à l'endroit même où Daniel avait disparu, plongea.

Au bout de cinq ou six secondes il reparut à la surface, les yeux clignotants, le visage congestionné; d'une haleine il absorba quelques bouffées d'air et fonça de nouveau dans les mystérieuses ténèbres du fleuve...

La foule s'amassait; la rive était couverte de gens qui suivaient la scène angoissante... Le plongeur allait-il retrouver l'enfant?... Tous les visages exprimaient la même inquiétude, la même horreur.

Enfin l'on vit émerger l'homme : il traînait après lui une masse noire, un corps inerte qu'il hissa dans la barque. Daniel, les joues blêmes, les yeux fermés, les cheveux collés à la peau, semblait avoir rendu le dernier soupir. On le déposa sur la berge. Soudain un mouvement se fit parmi les spectateurs : c'était un étudiant en médecine qui, mis au courant, se hâtait vers le petit noyé. Il l'ausculta et, déclarant que le cœur battait encore, se mit à lui donner les soins d'usage : il appuyait sur la poitrine afin de rétablir la respiration, il opérait des tractions rythmées de la langue...

Pendant quelques instants tous les soins parurent vains : Daniel ne remuait pas. L'interne redoubla de zèle, et comme il cherchait passionnément une manifestation de vie, le pauvret tressaillit, ses lèvres s'agitèrent, ses paupières s'entr'ouvrirent, mais, blessées par le grand jour cru du ciel, s'abaissèrent aussitôt. L'étudiant affirma :

« Cet enfant vivra; mais si ses parents ne le réclament point, il faut le porter à l'hôpital. »

Prudemment on s'écarta devant le jeune homme qui faisait appel aux bonnes volontés.

Alors, prenant bravement son parti, l'interne appela un chauffeur et transporta lui-même le quasi-noyé dans l'auto-taxi, où il le coucha sur la banquette.

« A l'hôpital des enfants malades! » ordonna-t-il.

La voiture traversa le pont, suivit la rue du Bac, et bientôt arriva rue de Sèvres. Jacques Debure saisit l'enfant dans ses bras, poussa la haute grille et traversa le grand jardin mélancolique où pleuvaient des feuilles mortes...

Ce qu'on n'a pas repêché.

Daniel se réveilla dans un lit blanc près duquel s'alignaient d'autres couchettes, occupées par des enfants; les uns, déjà en voie de guérison, assis contre les oreillers, maniaient des jouets ou des livres. D'autres, étendus, les yeux fermés, dormaient pareils à de lamentables masques de cire. Il y en avait aussi qui haletaient, les joues en feu, les yeux brillants de fièvre.

Alors Daniel se souvint... Un grand froid l'avait saisi, il s'était débattu comme un fou pendant quelques secondes, cherchant à remonter vers la surface, vers l'air pur, vers le salut et la vie, mais le fond du chaland, au-dessus de sa tête, formait un mur qu'il ne pouvait franchir. Après une angoisse affreuse, indescriptible, le calme s'était fait. Daniel avait coulé au fond de l'eau; il ne souffrait plus; toute sa vie d'enfant malheureux passait devant lui; d'une voix faible il avait murmuré : « Père... père... » et, doucement, sans effort, il s'était livré à la fatalité des choses...

« Eh bien, demandait la voix joyeuse et forte de Jacques Debure, êtes-vous content dans ce petit lit? »

Le soleil brillait parmi les couchettes claires; les rideaux semblaient des ailes blanches, les petits malades des chérubins, et Daniel eut subitement une grande impression de bien-être; on lui apportait une tasse de lait chaud, qu'il avala d'un trait; les infirmières le bordaient d'une main douce; tout était calme et propre. Quel contraste avec l'hôtel du *Bon-Repos!*

« Oh! Monsieur, dit l'enfant, c'est à vous que je dois tout cela!...

— A moi... si on veut!... C'est-à-dire que je t'ai ramassé... tu n'en menais pas large, mon pauvre gosse, et je t'ai apporté ici... Là se bornent mes bienfaits!... »

Daniel lui adressa un sourire qui valait mieux que des paroles, et l'interne siffla un air gai pour cacher la pointe d'émotion qui l'attendrissait.

« Et mes habits? demanda soudain l'enfant.

— Ah! tes habits, ma foi, je crois qu'ils ne vaudront plus grand'chose... »

Les vêtements trempés, souillés par la boue noirâtre qui tapisse le lit du fleuve, avaient été envoyés à l'étuve.

« Bah! dit l'infirmière, on leur donnera un coup de fer, et ils seront mettables, sinon élégants... Vous ne comptez pas les mettre pour aller à l'Élysée, n'est-ce pas? »

Mais Daniel était devenu grave.

« Et ce qu'il y avait dans les poches?...

— Il n'y avait rien que cela. »

Elle lui montra un petit mouchoir roulé en boule et une montre d'argent avec sa chaîne, ancien cadeau de Paul Béraud à son fils.

« Oh! non, mademoiselle, il y avait bien autre chose : mon porte-monnaie, mon canif... Cherchez bien, voulez-vous?

— Inutile de chercher, mon petit ami. Si ce que vous réclamez était dans vos poches, c'est maintenant au fond de la Seine!... Quant à la montre, elle marche encore. Elle a de la bonne volonté après avoir passé un quart d'heure dans l'eau! »

Mais Daniel n'écoutait plus. D'un geste d'épouvante il se prit la tête entre les mains.

« Alors il ne me reste rien, rien... J'avais sur moi tout ce que je possède... une quarantaine de francs... Oh! le sort est contre moi, inutile de lutter... je n'ai jamais eu de chance! »

On eut bien de la peine à le consoler. Le pauvre enfant connaissait déjà les difficultés de la vie et le prix de l'argent. Qu'allait-il faire, si la petite réserve laissée par M. Lacroix avait disparu?

L'enfant avait les yeux brillants de fièvre; après une nuit agitée, le docteur diagnostiqua une bronchite légère. Mais Daniel était si bien soigné, qu'il ne regrettait pas ce repos forcé. Pour lui, c'était une accalmie, une oasis où les graves soucis de l'existence ne l'atteignaient plus...

La semaine suivante il se leva, et bientôt fut déclaré guéri.

On lui demanda le nom d'un parent ou d'un ami entre les mains de qui le remettre. Il donna l'adresse de son patron, le chef de l'équipe des déchargeurs, et on le laissa sortir.

CHAPITRE VIII

DERNIÈRE RESSOURCE

La grève!

Daniel se rendit au quai. Mais là, il demeura saisi : le travail était suspendu, la vie du fleuve arrêtée ; sur la berge, quelques travailleurs assis fumaient leur pipe ou lisaient un journal.

Daniel s'approcha d'un ouvrier qu'il connaissait un peu, et dit :

« Mais qu'est-ce qui se passe ?... On ne travaille pas aujourd'hui ? »

Stupéfait, l'ouvrier le toisa :

« On est en grève. D'où sors-tu donc ?

— Moi, d'où je sors ? fit Daniel ; de l'hôpital.

— Ah ! c'est toi qu'es tombé à l'eau ? »

Philosophiquement, il observa :

« Faudra pas recommencer.

— Tiens ! dit l'enfant, ce n'est pas une habitude que je voudrais prendre... »

Et il ajouta :

« Mais pourquoi est-on en grève ? Si je veux travailler, tout de même, qui m'en empêchera ?

— Les copains. On t'appellera un jaune et on te fera ton affaire. »

Daniel tourna la tête comme s'il cherchait une aide, une protection. Tout s'effondrait autour de lui...

A petits pas il s'éloignait ; il entra par désœuvrement dans le jardin des Tuileries. Le temps était sec et froid. Une foule d'enfants jouaient sous l'œil indulgent des mères ou des nourrices. Daniel remarqua un gamin qui ressemblait à Riquet. Avec des cris de joie, le petit être regardait les moineaux familiers, venant picorer des friandises jusque sous les pieds des promeneurs. Il émietta, de sa petite main, un gâteau pour les pierrots gourmands. Ah ! il ne se doutait pas que le grand garçon debout près de lui avait faim, plus faim que les moineaux !... Tous ces enfants allaient rentrer dans un foyer confortable, tandis que Daniel, à peine remis d'une bronchite, n'avait ni domicile, ni amis, ni argent...

L'âme en désarroi, il franchit la haute grille de fer et d'or, traversa la place de la Concorde et remonta lentement l'avenue des Champs-Élysées. Les automobiles filaient avec un grand bruit de halètement, coupé par les cris des trompes et des sirènes. Les chauffeurs disparaissaient sous leurs manteaux de fourrure. Au fond des belles limousines, des femmes élégantes s'enveloppaient d'étoles, cachaient les mains dans les manchons volumineux. Frappé par ce contraste, Daniel sentait davantage le froid et la solitude.

Soudain, il fut appelé par une dame anglaise qui l'observait depuis un instant.

« Aoh! je donne dix sous à vous si vous trouvez une fiacre pour moi. Elles sont toutes pleines, et je suis pressée, pressée... »

Daniel ne songea point à sourire de ce langage peu académique. Il s'élança parmi les voitures, au risque d'être renversé, piétiné, et il fut assez heureux pour trouver un fiacre libre.

L'Anglaise sortit son porte-monnaie, s'exécuta et, s'engouffrant dans la portière, disparut.

Alors Daniel, dont l'estomac vide se contractait douloureusement, entra chez un boulanger et acheta deux croissants d'un sou. Mais ce soir, mais demain?... Il était à bout de courage, à bout d'expédients. L'hôtel du *Bon Repos* même ne lui ouvrirait pas ses portes. Le perroquet l'avait assez criée

Il remarqua un gamin qui ressemblait à Riquet.

pour qu'il se souvînt de la malheureuse phrase : « On paye d'avance! » Il y avait bien les ponts, sous lesquels les citoyens français peuvent coucher sans rien demander à personne ; mais les nuits étaient froides, et Daniel toussait encore... Qui donc avait une fois parlé devant lui d'asiles qui donnent, pour quelques heures, l'hospitalité aux misérables? Et à qui doit-on s'adresser?

Au mont-de-piété.

Il tira sa montre. Alors une idée lui vint : les habitants de l'hôtel du *Bon Repos*, lorsqu'ils n'avaient plus d'argent, portaient au mont-de-piété les quelques objets de valeur qu'ils possédaient. En échange on leur prêtait une petite somme. Daniel ne pouvait-il en faire autant? Tout de suite il se décida : il allait mettre en gage sa chère montre ; les jours heureux ne tarderaient point, il reprendrait alors le cadeau de son père...

Un agent consulté par le jeune garçon lui indiqua un bureau du mont-de-piété.

Il fallait marcher assez loin, mais la nécessité donne du courage. Daniel, enfin, se trouva devant une maison que surmontait une lanterne rouge. Poussant la porte, il se trouva dans une salle étroite, basse de plafond, garnie de bancs où quelques pauvres hères attendaient, lamentables et honteux. Derrière une sorte de comptoir, des employés alignaient des nombres sur leurs registres.

Timidement, Daniel s'approcha de l'un d'eux.

L'employé, un petit brun pâle, avec une moustache en croc, mit sa plume en équilibre derrière son oreille et dit :

« Vous désirez? »

Daniel posa sa montre et sa chaîne sur le comptoir.

Et il lui semblait qu'on arrachait un lambeau de son cœur, battant sous le cadran de la montre : tic tac... tic tac...

« Vous voulez mettre ça en gage?...

— Oui, monsieur.

— Vos papiers...

— Quels papiers? demanda l'enfant.

— Eh bien, vos papiers, parbleu, des pièces d'identité, quoi!... votre acte de naissance, une quittance de loyer, un passeport...

— Mais je ne possède rien de tout ça.

— Qu'est-ce que vous venez faire alors? »

Brusquement, il repoussa la montre vers Daniel et se plongea de nouveau dans ses chiffres.

Interdit, l'enfant ne bougeait pas. Sans lever la tête, le scribe leva les yeux.

« Si vous avez besoin d'argent, vendez-la, votre montre... Elle est en argent, un bijoutier vous l'achètera au poids... Mais je ne peux pas vous la prendre. »

Et il se remit au travail avec l'air bien décidé d'un monsieur qui ne donnera pas d'autre renseignement.

Daniel reprit son bien et s'enfuit.

La nuit venait. Dans la rue les réverbères s'allumaient comme un chapelet de feu, et les passants, chassés par la brume, se hâtaient vers leur domicile, luxurieux ou pauvre...

Pour un morceau de pain.

Daniel, lui, n'avait pas un lieu pour reposer sa tête. Il allait au hasard, lorsque tout à coup une boutique, violemment éclairée, attira son attention. C'était une horlogerie; des sautoirs d'or pendaient à la vitrine, et une centaine de montres s'étalaient sur le velours noir de la devanture.

Comme un papillon attiré par la flamme, Daniel entra. Il tenait encore à la main sa chaîne et sa montre. Un souvenir s'offrit à sa mémoire : c'est pour son dixième anniversaire que son père les lui avait donnés. Paul Béraud, en les remettant à son fils qui n'en croyait pas ses yeux, s'était écrié :

« Tiens, mon Daniel, voilà pour tes dix ans : il faut bien fêter les deux chiffres de ton âge!... »

A quoi l'enfant avait répondu :

« Deux chiffres?... Oh! papa, qu'est-ce que tu me donneras donc quand j'en aurai trois!... »

Et il sourit à ce doux souvenir...

L'horloger s'avançait, le dos rond, le sourire aimable! Revenant à l'heure présente, Daniel balbutia :

« Je désire savoir ce que... ce que vaudrait cette montre...

— Pour en acheter une semblable, ou pour vendre celle-ci?... »

Daniel eut le courage de dire :

« Pour vendre celle-ci... »

L'homme prit les précieux objets, puis, les ayant soupesés dans sa main, il détacha le mouvement, le cadran de la montre, et jeta le reste dans une petite balance. Sans en avoir l'air, il appuya légèrement sur le plateau où se trouvaient les poids, qu'il examina. Il fit une addition et prononça, toujours avec le même sourire :

« Je vous en offre douze francs.

— Douze francs!... répéta le pauvret; pas davantage?...

— Impossible... Les voici : je vous conseille de les prendre. »

« Vous désirez? »

Et, comme d'autres clients pénétraient dans la boutique, l'horloger glissa l'argent dans la main de Daniel.

Sans protester, l'enfant accepta le marché, sortit et se dirigea vers l'hôtel du *Bon-Repos*. Il se sentait plus seul, plus perdu, sans sa montre, cette amie dont le rythme joyeux et l'incessante activité l'encourageaient au jeu comme au travail...

Soudain, il recula. Près de lui se trouvait une famille du Havre qu'il connaissait bien. Il y avait un garçon et une fillette à peu près de son âge. Les enfants causaient avec le père et la mère, tous quatre respiraient le bonheur sans nuages, l'union de la famille...

Daniel s'enfonça sous une porte et attendit qu'ils eussent disparu, puis, le cœur lourd et les yeux pleins de larmes, il reprit son chemin.

« Ah! pensait-il, les enfants qui vivent dans un doux, un tendre foyer, ne connaissent pas leur bienheureux privilège!... »

CHAPITRE IX

SINGULIÈRE RENCONTRE

Un protecteur inquiétant.

La petite réserve que Daniel s'était ainsi procurée dura quelques jours,
mais elle s'épuisa avant qu'il eût trouvé une place. La grève durait encore, et
Daniel se trouva bientôt sans ressources.

Une après-midi, comme il errait près du quai de la Concorde, un bureau de

poste surgit à ses yeux. Il fut sur le
point d'entrer, d'acheter avec sa
dernière pièce de dix centimes une
carte-lettre et d'écrire à sa mère :

*Maman chérie, je suis seul, mal-
heureux, sans le sou... Envoie-moi
de quoi rentrer au Havre, et je ne
recommencerai pas, je ne ferai plus
de coups de tête...*

Mais dans la mémoire de l'enfant
passa la figure d'Henriet, avec son
ironique sourire. Ce fut comme si
on lui envoyait une douche en pleine
face, et il conclut : « Je lutterai encore quelques jours. »

Il avait parlé presque à voix
haute. Un passant se retourna. Cet
homme avait le masque énergique,
des mains énormes, de longs doigts
carrés. Malgré l'élégance de ses
vêtements, son langage, ses ges-
tes, décelaient des habitudes vul-

« Tu as un physique qui me revient. »

gaires.

« Tu lutteras encore quelques jours, as-tu dit?... Contre qui?... Contre
quoi? Tu cherches peut-être une place? »

Surpris, Daniel fit un signe affirmatif. L'homme reprit.

« Tu as un physique qui me revient. On ne sait pas pourquoi les gens vous
sont sympathiques... Bref, je peux t'offrir un emploi lucratif, si tu es adroit
et obéissant.

— Qu'est-ce qu'il s'agirait de faire?

— Tout ce que je te dirai, sans jamais poser une question ou discuter un
ordre. »

« Nous allons d'une traite jusqu'à Rouen, mon brave Toine. »

3 .

Daniel réfléchit quelques secondes.

« C'est un métier honnête que vous me proposez ? »

L'étranger ricana :

« Je t'ai déjà dit que je n'admets pas les questions... C'est à prendre ou à laisser. »

Daniel n'avait pas le choix. Il hésita quelques minutes, pesant le pour et le contre, sûr d'accepter. Il s'informa seulement :

« Qu'est-ce que vous me payerez ?

— Ça, c'est une question légitime : tu auras le vivre et le couvert, autrement dit, tu seras nourri et logé, et on te donnera un tant pour cent sur les affaires... »

Daniel était si las, si découragé, qu'il n'en demanda pas davantage.

« Je vous suis, déclara-t-il.

— Tope là, » fit l'inconnu.

Et il tenait sa large main, dans laquelle Daniel posa la sienne, que l'autre serra presque à la briser. L'enfant réprima un cri. Puis, timidement :

« Comment vous appelez-vous ? dit-il.

— Ça dépend des jours... Et toi ?

— Daniel Béraud.

— Est-ce que tu connais beaucoup de monde à Paris ?

— Oh ! non, personne ; c'est assez triste, allez !

— Bon, ça ! » fit l'homme.

Et ils cheminèrent côte à côte. Daniel n'en revenait pas. On lui disait toujours : « Sans références, tu ne trouveras rien à faire. » Et voici un commerçant qui l'embauchait sans rien lui demander que son nom et le nombre de ses amis. Tout cela était mystérieux, mais qu'importe ! si, dans la suite, le métier lui déplaisait, Daniel n'aurait qu'à s'en chercher un autre.

L'étranger, marchant toujours, avait devancé l'enfant de quelques pas, et Daniel considérait celui qu'il appelait déjà son patron. Un peu voûté, il avait des membres, des épaules d'Hercule, une tête qu'il portait en avant, comme prêt à foncer sur un ennemi... Ils marchèrent longtemps. Après l'Arc de Triomphe, ils s'engagèrent sur l'avenue de la Grande-Armée, passèrent la grille et se trouvèrent sur l'avenue de Neuilly.

« C'est encore loin ? » questionna l'enfant, dont l'accident, la maladie, les privations, avaient épuisé les forces.

L'Hercule abaissa les yeux vers son pâle petit associé :

« C'est à Puteaux... Si tu es fatigué, je te paye le tramway. »

Daniel avoua qu'il n'en pouvait plus et remercia son patron.

« C'est bon, c'est bon... je ne veux pas te tuer du premier coup ! »

Singulier mélange de brusquerie et de pitié ! Daniel le regardait de coin, cherchant l'énigme qu'il ne pouvait résoudre. Et il s'avouait qu'il aurait, sans doute, fort à faire pour déchiffrer celui auquel il confiait sa destinée...

CHAPITRE X

LE NOUVEAU PATRON

La Camuse.

Vers le milieu de l'Avenue de la Défense, l'homme descendit, suivi par le petit gars. Remontant le·collet de son pardessus, il traversa la chaussée et s'engouffra dans une impasse étroite et sombre. Elle se terminait par une grille, et derrière cette grille, dans une sorte de terrain vague, se trouvait un hangar de planches.

L'étranger s'arrêta.

« Nous sommes arrivés, mon garçon, » prononça-t-il.

Daniel regarda autour de lui, non sans inquiétude. Une envie le prenait de fuir, de disparaître. Mais l'autre l'avait saisi par les épaules et le faisait entrer dans le hangar. Il ferma la porte, poussa le verrou et cria :

« Hé, la Camuse !... J'amène un invité. »

Ce hangar était divisé en plusieurs chambres par des cloisons de bois. Une femme parut. Elle avait une coiffure compliquée, une frange noire qui tranchait sur sa figure grasse et pâle, une ca-

« Bonsoir, gosse ! »

misole et un jupon. Avec une fleur au coin de la bouche, elle semblait une danseuse espagnole qui va revêtir sa robe claire et son châle de soie.

« Bonsoir, gosse, » dit-elle, la main tendue.

Et l'on passa dans une grande cuisine où le couvert était mis.

Un jeune homme était installé près de la table.

« Firmin, dit le patron, j'ai mis la main sur ce particulier. Est-ce qu'il te plaît ? »

L'autre inspecta le nouveau venu et dit négligemment :

« Pas mal... Faudra voir ce qu'il sait faire. »

On mit une quatrième assiette, et celle qu'on appelait la Camuse apporta la soupe.

Ce fut un dîner presque somptueux, auquel Daniel fit honneur. On parlait peu : le trio examinait sournoisement l'innocent convive.

Celui-ci, pour rompre le silence, parla :

« Madame, dit-il, c'est vous qui avez préparé ce repas exquis? Je vous en fais mon compliment.

— Vous êtes gentil, fit-elle, touchée, car elle était peu habituée aux propos aimables.

— Dis donc, Bibiche, prononça le patron, y aurait-il pas moyen d'avoir des fruits à l'eau-de-vie pour dessert?

— Alors, faut aller à la réserve.

— Eh ben, qui t'en empêche?

— Veux tu m'éclairer? »

Elle ouvrit une porte.

Daniel avait saisi la lampe et la suivait.

« C'est pas la peine! » cria le patron.

Dans la « réserve ».

Mais Daniel était déjà entré dans la réserve. Ce qu'il vit dépasse toute imagination. Il se trouvait dans une pièce immense, encombrée des objets les plus disparates : vêtements de toute sorte, un monceau d'argenterie de tous les styles, des appareils de photographie, des bicyclettes, des phares de voiture, du linge, une automobile, des ombrelles et des parapluies, des instruments d'optique... Il y avait aussi le coin alimentaire. Daniel eut un grand sursaut lorsque retentit, près de lui, le gloussement effaré d'un poule. A ses pieds gisaient, les pattes liées avec une corde, des volatiles qui le considéraient d'un œil inquiet et rond.

La Camuse s'approcha d'une montagne de boîtes en fer-blanc. Elle épela les mots inscrits sur l'une d'elles.

« Prunes à la royale... Voilà mon affaire. »

Puis elle ressortit avec Daniel et referma la porte à clef.

Le patron semblait mécontent; la boîte de friandises elle-même ne le dérida point. Tout à coup il mit la main sur l'épaule de sa femme et chuchota une phrase dans son oreille. Daniel, qui avait l'ouïe extraordinairement fine, entendit :

« Pourquoi lui as-tu montré la réserve?... »

Sans se troubler, elle observa :

« Puisqu'il vient nous aider, il l'aurait bien vue une fois ou l'autre... »

Son mari dit encore :

« Je crois qu'il fera bien notre affaire.

— Pauv' type!... » murmura la Camuse.

Quelle affaire?... Daniel, dont la curiosité arrivait à son comble, demanda :

« Est-ce que je commencerai à travailler demain?

— Ça se peut... Je crois cependant que, pour t'habituer, je te laisserai quelques jours avec la bourgeoise : tu lui aideras à faire le ménage. Peu à peu tu te mettras au courant... »

L'enfant dit encore :

« Sans doute ce sont des marchandises à vendre, toutes les bricoles que je viens de voir?...

— Oui, mon garçon : le talent, c'est de vendre très cher ce qu'on a acheté le meilleur marché possible... »

Les deux hommes échangèrent un regard et éclatèrent d'un petit rire vite réprimé.

L'heure avançait. On dressa pour Daniel un lit dans une sorte de recoin fermé. Les draps étaient fins et doux; l'enfant y passa une excellente nuit, malgré l'étrangeté de sa nouvelle demeure. Du reste, il ne cherchait pas à comprendre. C'était déjà un privilège que cette hospitalité inattendue. N'avait-il pas redouté de dormir à la belle étoile?...

Un métier panaché.

Le lendemain matin, Daniel fit sa toilette, puis sortit de sa « chambre », mot pompeux pour désigner le réduit où il avait couché.

Une excellente odeur de café au lait et de tartines grillées lui mit l'eau à la bouche.

« On ne se refuse rien ici, » pensa-t-il.

Elle s'approcha d'une montagne de boîtes
de fer blanc.

En effet, dans la cuisine le déjeuner était servi. La Camuse lui versa une tasse, lui tendit l'assiette aux beurrées.

Dès qu'il eut fini, Daniel annonça :

« Je suis à votre disposition pour travailler...

— Bien, dit le patron, tu vas laver le plancher de la cuisine. C'te pauvre Camuse en a plein les bras.

— Ça y est, songea Daniel, me voilà passé domestique... Enfin, je suis bien traité, bien nourri... Je n'ai pas à me plaindre. »

Lorsque le plancher fut net et brillant, Daniel offrit de nouveau ses services.

« C'est bon, fit l'énigmatique propriétaire, repose-toi... fume une cigarette...

— Je ne fume pas.

— Eh bien, lis le journal... »

Daniel prit la feuille qui traînait sur une chaise : *le Droit des prolétaires.*
Jamais il n'avait vu ce titre dans les kiosques. Dépliant le journal, il lut :
« La propriété, c'est le vol. »
L'enfant se mit à rire.
« Il en a de bonnes, ce journal ! »
Le patron répondit avec vivacité :
« Il a parfaitement raison. Tu trouves ça juste, toi, que les uns possèdent
tout, et les autres rien ? »
Daniel n'avait jamais pensé à cela : les théories — quelles qu'elles fussent —
ne l'intéressaient guère.
Au bout de cinq minutes, il s'ennuya :
« Est-ce que je peux aller faire un tour dehors, puisque vous ne me donnez
rien à faire ?...
— Non, dit l'homme, péremptoire. Aiguise ces outils, si tu veux te rendre
utile... Demain, on t'enverra porter des poules au marché de Courbevoie. »
L'enfant dut fourbir une scie, des ciseaux à froid et des instruments qu'il
ne pouvait désigner par un nom, n'en ayant jamais vu de semblables.
Le patron parlait peu. Il disait des phrases courtes, avec une autorité qui
n'allait pas sans frapper Daniel. C'était toujours le même principe : l'égalité
pour tous ; prendre son bien où on peut ; il faut dépouiller le riche pour le
pauvre...
L'honnêteté native de Daniel se révolta d'abord ; tous les principes qu'on
lui avait enseignés étaient en contradiction avec ce qu'affirmait cet homme. Il
avait pourtant l'air intelligent, et il était bon pour son nouveau petit employé.
Alors ?...
La journée passa tant bien que mal. Le lendemain, bien avant l'aube, Daniel
fut réveillé par des bruits singuliers. Il eut peur et s'assit dans son lit, l'oreille
aux aguets. Peut-être des cambrioleurs ?...
Il crut de son devoir de se lever, d'avertir... Sautant sur le sol, il aperçut
la porte de la réserve ouverte. Avec un grand soulagement il reconnut le
patron et Firmin qui, à la lueur d'une lanterne, vidaient des sacs, posaient des
ballots, tout un chargement hétéroclite.
Soudain, le patron, levant les yeux, vit l'enfant qui les regardait, vêtu d'un
costume sommaire.
« Hein ! qu'est-ce que c'est ? cria-t-il. Veux-tu bien rester chez toi, au lieu
de venir guigner ?... Tu le sais, je n'aime pas les curieux. »
Daniel déguerpit sans en demander plus long, mais il pensait :
« Quelle drôle d'heure pour faire des achats !... »
Il se souvint que les maraîchers apportent leurs légumes aux Halles bien
avant le lever du soleil, et conclut :
« Il faut croire qu'à Paris on travaille autant la nuit que le jour. »
Et, sans raisonner davantage, il se rendormit.

CHAPITRE XI

AU PAIN SEC

Le mot de l'énigme.

« Voilà : tu iras au marché de Courbevoie, tu demanderas la mère Pouffard ; elle t'achètera les poules trois francs, les coqs trois francs cinquante. Tu recevras l'argent, tu ne causeras à personne, et tu reviendras directement ici. C'est compris ?

— Oui, patron...

— Si tu gardais l'argent, je saurais bien te retrouver, et alors, gare à toi!... »

Vexé de cet injuste soupçon, Daniel répondit froidement :

« Vous pouvez compter sur moi : je ne suis pas un voleur! »

L'air frais parut à l'enfant inexprimablement pur et bon. Là-bas, dans le hangar, un malaise grandissait en lui; la personne, les idées du patron, l'inquiétaient; pourtant, cet homme avait sur lui un ascendant contre lequel il luttait en vain...

La mère Pouffard était au courant; elle prit les volailles et paya sans rien dire. Daniel, ayant serré l'argent, revint au logis et remit la somme à son patron.

Quelques jours passèrent. Toujours plus inquiet des allures suspectes de l'homme qui l'avait recueilli,

« Ah! tu ne marches pas... »

Daniel avait la ferme intention de quitter son nouvel emploi. Mais on ne le laissait jamais sortir : comment chercher une autre place?... D'ailleurs, il n'avait pas un centime dans sa poche. Le pauvre garçon était retenu par la dure nécessité.

Un matin, il demanda :

« Est-ce que je ne pourrais pas aller à l'hôtel du *Bon-Repos,* rue des Plantes, chercher mon courrier? »

Le patron se mit à rire.

« Ton courrier?... T'es donc un ministre?...

— Non, mais j'attends des nouvelles de mes amis Lacroix. »

Et Daniel conta l'histoire du yacht, de l'enfant malade, des parents qui entouraient leur Violette d'une si tendre affection.

Une lueur cupide brilla dans les yeux de l'homme.

« Est-ce qu'ils sont riches, ces Lacroix?

— Ils en ont l'air.

— Ils reviendront bientôt à Paris avec leur yacht?

— Oh non! pas avant le printemps.

— Ah! »

Daniel répéta sa question :

« Je peux aller rue des Plantes?

— Non... Tu es libre de t'en aller si tu te déplais chez nous. Mais, une fois parti, tu ne reviendras plus. »

Le jeune garçon baissa la tête...

De ses yeux perçants, le patron le considéra longuement. Enfin :

« Daniel, dit-il, voilà dix jours que tu es chez nous et que je t'observe de près. Tu es un brave enfant : je suis content de toi, la Camuse aussi... »

Le visage du pauvret s'illumina.

« Je ne t'ai encore rien donné, mais demain, peut-être ce soir, je pourrai te faire participer à une affaire... primo cartello!...

— Je ne comprends pas.

— Je vais t'expliquer... Nous avons des choses importantes à faire dans une maison, rue de la Paix. Mais comme on ne nous laisserait peut-être pas entrer, c'est sur toi que nous comptons... »

Daniel le fixait de ses yeux agrandis.

« Tu es très mince, très souple, tu passeras facilement par le soupirail de la cave qui donne sur la rue... Une fois dans la place, tu nous ouvriras la porte. »

Tout à coup, la situation s'éclaira d'un jour sinistre aux yeux de l'enfant.

« Vous voulez entrer dans cette maison pour la dévaliser?...

— Oh! tout de suite des grands mots!... Non, simplement pour prendre ce qu'il nous faut, sans faire de mal à personne.

— S'il s'agit de *prendre,* je ne marche pas dans la combinaison, dit froidement Daniel.

— Ah! tu ne marches pas... Répète un peu ce que tu viens de dire... »

Et le patron, que gagnait une rage froide, leva sa formidable main. Tremblant de tous ses membres, Daniel pourtant fit non d'un signe de tête.

« Je vous aurais servi de tout mon cœur, mais... pas comme ça... »

L'homme abaissa son poing sans toucher l'enfant.

« Voyons, Daniel, raisonnons un peu : voilà deux semaines que je te nourris, et rudement bien, n'est-ce pas?

— Ça oui, patron...

— Eh bien, si, après avoir mangé pendant quinze jours à mes frais, tu refuses de me servir, c'est toi qui deviens le voleur. »

Daniel, ne sachant que répondre, détourna son regard. Le patron reprit :
« Je comprends : tu aimerais mieux avoir des rentes... moi aussi. C'est pas
difficile d'être honnête quand on est riche... Notre métier n'est pas tout rose,
va. Nous sommes chaque jour en danger de mort : tu crois qu'il ne faut
pas du courage, une fameuse dose encore, pour faire ce métier de chien?...
Mais quand on réussit un beau coup, oh! alors, c'est presque la fortune!

— J'aime mieux gagner moins, et le
gagner honnêtement, osa dire le jeune
garçon.

— Je ne te demande pas ton avis...
et je ne veux pas entretenir un pares-
seux. Voilà, c'est à prendre ou à laisser... »

Et comme Daniel, bien résolu, n'op-
posait que le mutisme le plus complet
à ces déclarations, le patron ajouta :
« Entre dans la réserve. »

Sans méfiance, le petit gars pénétra
dans la salle encombrée.

« Voilà, prononça l'escroc; ici tu
réfléchiras à ton aise, tu te débarrasse-
ras de tes préjugés. Mais écoute bien :
tu vas rester au pain et à l'eau jusqu'à
ce que tu te décides à nous accompa-
gner. Il ne sera pas dit que l'imbécillité
d'un mioche nous aura fait manquer une
affaire splendide!... »

La nuit porte conseil.

L'homme referma la porte, et Daniel
se trouva subitement plongé dans les

Les heures s'écoulaient pourtant.

ténèbres. Alors le pauvre enfant s'effondra sur le sol, en proie à une véritable
crise de désespoir.

Ainsi, il se trouvait placé entre ces deux alternatives : mourir de faim ou
commettre un crime. D'ailleurs, il n'avait même pas le choix; la possibilité de
s'enfuir, de se libérer, n'existait plus, puisqu'il était gardé à vue dans ce cachot.

Daniel se tordait les mains.

« Non, murmurait-il, non, quoi qu'il arrive, je ne deviendrai pas un malfaiteur!... »

Et soudain, l'appartement de sa mère lui apparut, honnête et paisible,
refuge assuré contre la misère, les tentations. Pourquoi l'avait-il quitté? Les
tracasseries d'Henriet n'étaient rien auprès du calvaire qu'il gravissait maintenant. Et Daniel s'accusait, se frappait la poitrine, voyant dans cette succes-
sion d'événements la juste punition de son coup de tête...

Les heures, affreusement lentes, s'écoulaient pourtant. Tout à coup, la clef grinça, et dans l'embrasure une lueur parut. C'était la Camuse apportant du pain et de l'eau. Son visage sans caractère exprimait une pitié profonde.

« Pauvre gosse, murmura-t-elle, cède donc : je le connais, mon homme; tu ne sortiras d'ici que le jour où tu voudras bien obéir! »

Près de lui, elle posa l'assiette et le bol. Confidentiellement, elle ajouta : « Ouvre une boîte de conserves; il n'en manque pas ici.

— Oh! madame Camuse, je vous remercie, mais je n'en ferai rien! »

Décidément il était trop naïf. La femme haussa les épaules et sortit.

Alors une combinaison germa dans le cerveau de l'enfant, grandit, se précisa, devint tout un plan de conduite. Daniel ferait semblant de se soumettre, d'exécuter les ordres du patron; il irait avec lui et Firmin jusqu'à la maison désignée. S'il pouvait tromper leur surveillance en route, il n'y manquerait pas. C'était, du reste, peu probable. Selon toute vraisemblance, les deux compères ne lui lâcheraient le coude que devant le soupirail qu'il devait franchir. Mais une fois dans la maison, Daniel n'aurait qu'à rester jusqu'à l'aube sans ouvrir la porte à ses complices. Las d'attendre, ceux-ci prendraient la fuite, et, le jour venu, Daniel conterait aux habitants de l'immeuble quel danger il avait écarté de leurs personnes.

C'était un plan hardi. Si on le voyait, pénétrant de nuit par un soupirail de cave, on pourrait l'abattre tel un vulgaire malfaiteur. Mais comment, sans courir ce risque effroyable, sortir de l'impasse où il était engagé?... Il ne manquait pas de courage; sa conscience était délivrée d'un poids sans nom, et dans l'obscurité de cette chambre de recel, Daniel, ayant pris la résolution d'agir en honnête homme, se sentait soulagé, presque heureux...

A plusieurs reprises il frappa du poing contre la porte. Ce fut le patron qui vint ouvrir.

« Eh bien?

— Eh bien, maître, j'irai avec vous rue de la Paix.

— Allons donc! Je savais bien que tu en arriverais là... Bravo, mon garçon! »

Et il ajouta, fort de son expérience :

« Sois tranquille, va, il n'y a que le premier pas qui coûte... »

Il ne remarqua point le pli de décision farouche qui barrait le front de son prisonnier...

CHAPITRE XII

EXPÉDITION NOCTURNE

Par le soupirail.

Le « coup » fut décidé pour le lendemain. On allait dévaliser une boutique de joaillerie, la maison Quantin. Daniel avait déjà entendu ce nom-là. Où?... Quand?... Il avait beau chercher dans sa mémoire, il ne trouvait rien.

... Le patron lui remit un plan. C'était d'abord la cave, l'escalier, puis une chambre où M. Quantin et son associé couchaient à tour de rôle pour garder le magasin. Daniel, porteur d'une lanterne sourde, devrait s'assurer que le gardien dormait profondément.

« Nous volons, mais nous ne tuons pas, avait déclaré le patron ; tu traverseras la chambre sans bruit, et de l'autre côté de la porte tu enfermeras le monsieur à double tour comme un rat dans une souricière. De cette façon, si, par hasard, il se réveille, il ne pourra plus rien contre nous... »

Enfin, il était convenu que Daniel ouvrirait la grande porte de chêne sur la rue, pour livrer passage à Firmin et au patron. C'était cette partie-là du programme que, sans l'avouer, Daniel ne comptait pas remplir...

Ce fut avec une émotion sans égale que le malheureux enfant se mit en route. Deux heures venaient de sonner; la nuit sombre et sans lune prêtait au crime une obscurité propice; les globes

Firmin poussa l'enfant...

électriques s'éteignaient l'un après l'autre. De rares passants sillonnaient l'avenue.

On arriva enfin rue de la Paix; on s'arrêta devant la boutique de *Quantin et Cie*. Le patron avait eu le coup d'œil juste : entre les barreaux — bien rapprochés pourtant — le corps de Daniel passerait en forçant un peu... Ce fut l'espace d'un éclair : Firmin poussa l'enfant et perçut la chute d'un corps...

Le patron et son acolyte, qui avaient sorti de la réserve deux pelisses de fourrure, arpentèrent la rue de long en large comme des promeneurs riches...

Quant à Daniel, il s'était ressaisi; presque calme, il monta les premières marches. Une souris fila parmi des fagots; alors un frisson d'horreur parcourut l'enfant, lui fit dresser les cheveux sur la tête... Il monta plus vite les degrés, ouvrit la porte qui accédait au rez-de-chaussée et posa les deux mains sur son cœur, qu'il entendait battre dans le silence de la nuit...

Cependant les deux complices se promenaient dans la rue, plus soucieux qu'ils ne voulaient le paraître. Trois heures sonnèrent à une horloge; le temps leur semblait long. Que pouvait faire Daniel?...

Tout à coup, après une longue, une mortelle attente, leur sang se figea dans leurs veines : sous les persiennes fermées du-rez-de chaussée, une vive lumière filtra, l'électricité s'allumait, une rumeur courut, des meubles furent déplacés; tout un remue-ménage, un drame qui se jouait autour de l'innocent, de l'involontaire comparse qu'était Daniel Béraud... Le patron pâlit affreusement.

« Zut! siffla-t-il, l'imbécile s'est fait prendre!... »

Mais alors Daniel allait parler!... On allait ouvrir les portes, se jeter sur eux, appeler la force armée!...

S'étant consultés du regard, ils se jetèrent sans perdre une minute dans un auto-taxi et se firent conduire à l'avenue de Neuilly. Au pas de course, ils remontèrent jusqu'à leur domicile. Là encore ils n'étaient pas en sûreté : leur vie était dans les mains de Daniel! Aussi le patron et Firmin éveillèrent-ils la Camuse, puis, expliquant le cas en mots brefs, ils vidèrent le coffre où ils gardaient l'argent et les titres, et, comme des rats dont le gîte est découvert, ils s'enfuirent vers on ne sait quelle mystérieuse retraite...

Mon père!

Voici ce qui était arrivé à Daniel. A pas de loup, il avait suivi la marche indiquée. Mais, la main sur le bouton de la porte où couchait l'associé de M. Quantin, il hésita. Cet homme était armé sans doute, il avait un revolver à portée de sa main... S'il s'éveillait?... Si, avant que Daniel pût expliquer sa présence, il tirait sur le visiteur suspect?...

Daniel surmonta ses craintes. Doucement il tourna le bouton et pénétra dans la chambre. Le souffle doux et régulier d'un homme endormi lui parvint. L'enfant approcha; sa lanterne sourde répandait une faible clarté; ses yeux, habitués à la pénombre, distinguaient facilement toutes choses.

Allait-il réveiller le dormeur, se mettre sous sa protection?... Il voulut d'abord regarder cet homme, et se pencha sur le lit. Ce que Daniel vit alors lui causa un tel émoi, une telle secousse, qu'il tomba sur les genoux, incapable de se soutenir plus longtemps. L'homme qui dormait si paisiblement était le portrait même de Paul Béraud : Daniel reconnaissait le front que les cheveux frisés ombraient légèrement, les sourcils épais, le nez fin, la moustache dorée... Était-ce possible?... Daniel perdait-il la raison?...

Sur le tapis, une lettre avait glissé. Blême, tremblant, le jeune garçon présenta l'enveloppe au rayon de sa lanterne et lut :

Messieurs Quantin et Béraud, rue de la Paix.

Plus de doute : Daniel se souvenait maintenant. Il avait lu le nom de Quantin dans la lettre adressée 35, rue de Rennes, et qu'il avait ouverte, ne sachant où la faire suivre... Oh! bonheur inexprimable!... Dans le fond de l'abîme, Daniel, sur le point de succomber, trouvait enfin le salut, la délivrance, l'accomplissement du vœu tant caressé!...

Ce fut l'enfant qui tourna le commutateur afin que son père, en pleine lumière, le reconnût tout de suite. Puis il attendit, le visage illuminé par un sourire, tout l'être tendu vers le réveil de cet homme...

Paul Béraud, gêné par la clarté, s'agita un moment; ayant ouvert les paupières, il aperçut Daniel et se crut le jouet d'un songe. Alors l'enfant cria :

« Père!... oh! père!... »

Et dans les bras tendus pour le recevoir, il épancha en larmes de joie toute

« Père ! oh ! père !... »

la terreur, toute la souffrance, toutes les privations des dernières semaines.

Il fallut à Paul Béraud de longues explications pour comprendre comment Daniel, à trois heures du matin, se trouvait chez lui sans que personne eût ouvert la porte!... Lorsqu'il eut saisi la vérité, il voulut se lever, s'habiller immédiatement pour mettre la police aux trousses du fameux « patron ». L'enfant le supplia de n'en rien faire.

« Ils ont été bons pour moi, papa; sans eux, je serais mort de faim, ou j'aurais renoncé au bonheur de te revoir. »

Pitoyable, il ajouta :

« Et la pauvre Camuse, elle n'a pas du bon temps tous les jours... D'ailleurs, ils se feront bien pincer une fois ou l'autre... »

Paul Béraud, riant et pleurant à la fois, ne cessait d'embrasser son fils. Enfin, songeant que celui-ci devait avoir bien besoin de repos, il monta un lit de camp près du sien. Une heure plus tard, le père et le fils s'étaient rendormis la main dans la main, et sur leurs deux visages si semblables régnait la même expression de bonheur.

CHAPITRE XIII

TOUT EST BIEN QUI FINIT BIEN

Doux recommencements.

Le lendemain matin, lorsqu'ils se retrouvèrent l'un près de l'autre, ce fut une nouvelle surprise heureuse.

Tous deux avaient souffert, et il leur semblait que la minute présente rachetait tous les mauvais jours. Mille petits faits surgissaient à leur mémoire; *te rappelles-tu* venait constamment sur leurs lèvres, et ils riaient à leurs souvenirs.

Paul Béraud convint avec son associé de prendre quelques jours de congé pour les consacrer entièrement à son fils. Ils recommencèrent donc les joyeuses parties d'autrefois. Ils dînèrent aux restaurants des Champs-Élysées, goûtèrent dans les grands hôtels. Paul Béraud ne cessait de questionner Daniel. Mis au courant de toutes ses aventures, le père parlait de Toine, de Violette, de l'étudiant Jacques Debure, de la Camuse, de Firmin, comme s'il les avait connus.

Un jour, ils passèrent rue des Plantes. Il y avait en effet « un courrier » pour Daniel, une lettre de M. Lacroix et un billet de Violette. La petite malade se trouvait bien du séjour de Madère. Sa santé faisait des progrès quotidiens, et M. Lacroix assurait que la présence et la gaieté de Daniel avaient fait plus pour la fillette que tous les traitements.

La lettre finissait avec l'espoir qu'on se revît sitôt que le yacht mouillerait dans les eaux de la Manche.

Mais cette vie de douce flânerie ne pouvait pas durer toujours. Paul Béraud conduisit Daniel au lycée Condorcet et l'y fit inscrire comme externe. Ce fut avec une vraie satisfaction que Daniel se remit à l'étude.

« Ah! disait-il, les élèves qu'ennuie une version, une composition d'histoire, ne connaissent pas le métier de déchargeur ou même celui de cambrioleur de bijouterie, sans quoi ils s'estimeraient bien heureux, plutôt que de se plaindre!... »

Sitôt les cours finis, Daniel revenait rue de la Paix; son père avait un appartement au sommet de la maison, et il y montait souvent lorsqu'il savait Daniel chez lui. Tous deux coulaient ainsi des jours de bonheur parfait.

Où l'on retrouve Toine.

Certain dimanche, comme ils se promenaient sur le quai, ils virent un enfant s'avancer vers eux, un enfant qui avait de rudes cheveux châtains et des joues couleur de pomme d'api.

« Toine!... cria Daniel.

— Daniel!... » cria Toine.

Ils se jetèrent dans les bras l'un de l'autre, puis l'enfant des mariniers regarda Paul Béraud.

« C'est ton père ?... dit-il. Oh! Daniel, que je suis content!... »

Mais le large sourire qui épanouissait sa figure ronde s'effaça bientôt.

Daniel s'informa :

« Tu as l'air tout chose, Toine!

— Eh! oui, c'est notre tour à n'être pas heureux... Mon père s'est cassé la jambe... il ne navigue plus... on l'a porté à l'hôpital...

— Mais alors, c'est toi qui mènes le chaland?

Ils recommencèrent leurs joyeuses parties.

— Oh! non, nous sommes à l'hôtel du *Bon-Repos*, maman et moi... C'était plus gai, le bateau et la Seine, qu'une petite chambre noire! Et puis, maman, elle pleure parce qu'on y voit le fond, à sa bourse, qu'elle dit... »

Rageusement il essuya lui-même une larme qui s'obstinait à couler. Paul Béraud se souvint que les époux Fouchard avaient été bons pour son fils. Le moment de reconnaître leurs services était venu : un de ses amis, qui devait faire une absence de six semaines ou deux mois, cherchait des gardiens pour sa villa située à Meudon, et Mᵐᵉ Fouchard, que Daniel lui avait décrite comme une forte femme, était toute désignée pour remplir ce rôle...

« Écoute, mon petit ami, fit M. Béraud, dis à ta mère qu'elle vienne me voir après-demain matin : je pourrai peut-être lui faire une proposition. »

Et il lui donna sa carte.

En effet, Mᵐᵉ Fouchard fut agréée comme gardienne; elle et Toine s'instal-lèrent donc dans une belle propriété sur les hauteurs boisées de Meudon. Ainsi purent-ils attendre des jours moins traversés, et ils firent une fois de plus l'expérience qu'un bienfait n'est jamais perdu.

CONCLUSION

Dix ans se sont passés. Daniel Béraud, après de brillantes études, est entré à l'École Centrale. Il se destine à la carrière d'ingénieur. Son père, toujours associé de la maison Quantin, a réalisé une jolie fortune. Mais Daniel a travaillé avec tant d'ardeur que le médecin lui recommande un repos de quelques semaines. Le père et le fils vont passer ensemble sur les côtes de Normandie un congé bien gagné. Les voici à Deauville, flânant dans la rue de Gontaut-Biron, où foisonnent les belles boutiques et les jolies baigneuses. Parmi celles-ci Daniel suit des yeux une silhouette vêtue de mousseline claire ; le col échancré montre un cou blanc et la naissance d'une chevelure aux reflets d'or.

« Regarde, père, murmure Daniel, la charmante jeune fille... »

L'étrangère s'est retournée. Où Daniel a-t-il vu ce fin visage, ces yeux couleur de turquoise ?... Mais elle, malgré la distance, malgré les années, reconnaît celui que son cœur n'a jamais oublié. Elle s'avance, la main tendue.

« Oh ! Daniel... vous ne reconnaissez plus Violette ! »

Et Daniel, s'inclinant, baise avec respect les petits doigts qu'elle lui offre. M. et Mᵐᵉ Lacroix, qui s'étaient arrêtés à quelques pas de leur fille, accoururent ; il fallut leur présenter Daniel, qu'ils ne retrouvaient pas en ce beau jeune homme de vingt-quatre ans, ainsi que Paul Béraud, dont ils parlaient sans l'avoir jamais vu. Ce furent de joyeuses vacances.

Daniel et Violette prenaient autant de plaisir à la société l'un de l'autre que jadis sur le pont de l'*Ariane,* où elle le comparait au Prince Charmant... Les jeux avaient changé, mais la sympathie restait la même...

Bref, vers la fin de la saison, le jeune homme demandait à sa petite amie d'unir sa destinée à la sienne. Violette put ainsi réaliser le rêve qu'elle formait autrefois quand, toute petite, elle suppliait Daniel de ne jamais, jamais la quitter...

Les fiançailles eurent lieu à Deauville, et le mariage à Paris. L'*Ariane* n'existait plus, mais on fréta un yacht plus fort, plus beau, et le repas de noces eut lieu à bord, en souvenir de la petite malade et du pauvre abandonné que les circonstances avaient rendu quasi orphelin.

... Par une tiède après-midi de septembre, le navire fendit les eaux de la Seine, en partance pour la Manche, l'Atlantique et l'île de Madère, où Daniel et sa femme voulaient accomplir un doux pèlerinage.

Le capitaine, en tenue de bord, casquette et vareuse à galons, vint prendre les ordres. C'était un homme un peu plus jeune que Daniel, haut en couleur, les cheveux drus, l'œil malicieux.

Et Daniel, après avoir consulté Violette, répondit :

« Nous allons d'une traite jusqu'à Rouen, mon brave Toine... »

FIN

SOCIÉTÉ ANONYME D'IMPRIMERIE DE VILLEFRANCHE-DE-ROUERGUE

Imprimé en France
FROC021451060720
24425FR00006B/248

9 782013 071222